골말 산지당골 대장간에서 제누리 먹다

허림 시집

골말 산지당골 대장간에서 제누리 먹다

달아실시선
48

달아실

일러두기

1. 본문에서 하단의 〉는 '단락 공백 기호'로 다음 쪽에서 한 연이 새로 시작한다는 표시임.
2. 보조 용언과 합성 명사의 띄어쓰기 등 본문의 맞춤법은 시인의 의도에 따른 것임.

시인의 말

들꽃처럼

어디든 마음 두고 싶다.

거기서

잘 어울렸으면 좋겠다.

2021년 늦가을
허림

차례

골말 산지당골 대장간에서 제누리 먹다

2부. 흘러간 시간들은 무엇이 되었을까

3부. 겨울에 눈이 와서 다행이네

4부. 과꽃

1부

을수

을수

을수, 일찍 찾아온 저녁 골짜기마다 바람 내려온다 무성한 나뭇잎들 요란히도 맞아들인다
을수, 노을진 하늘에 새싹처럼 돋아나는 잔별들 그가 사는 을수에 들던 날, 초저녁 한나절이면 한소쿠리 별을 캐줄 수 있겠다는 말이 생각난다

안부란 별일 없냐고 묻는 것
물소리는 물소리로 흘러가는 것
불 밝혀 어둠 밀어내면
어제 읽던 채근담의 한 구절이 바람처럼 흘러가고
한 번 더 뜻 새겨 읽다보면
이미 꿈속

변하지 않는 것이 사랑이라는데
애틋함도 없이 무덤덤해지는 말들과
몸에 밴 적막으로 다 지나가는 야생의 바람

을수, 큰대산이 큰피아골에 살던 유목민들
오늘밤도 찾아와 불을 놓는다

* 을수, 큰대산이, 큰피아골-내면의 지명.

사는 법을 알지 못하듯

한 사람을 사랑했던 시간이 이월에 멈췄다
사랑에 매달리는 동안 지루하고 오랜 시간이 흘렀다
꽃들은 피어 봄을 알렸고
바다와 계곡을 떠돌며 사랑만 무성하게 키웠으니
햇살은 살갗 깊이 거뭇거뭇했고
우리 사이 잎새마다 떨켜가 자랄 줄 알지 못했다
사랑도 휴식년제가 필요하다
눈 내려 사라진 길 밖으로 얼굴 없는 문자들이 거듭 쌓인다
욕정 같은 꿈마저 막연해지고
뒷산에서 참꽃 꺾어다 술병에 꽂아놓는다
밖에는 눈발이 날리고
나는 읽던 시집 한 귀퉁이 접어놓고
눈발에 지워지는 버덩말 바라보다
봄눈이 내린다는 문자 보낸다
봄을 기다리는 말들은 한결같다
봄의 문장은 심쿵하지도 않았고
동백이 피었다는 소식도 무덤덤해질 무렵
햇살 바른 돌배나무집 마루에서는

돌밀이나 얼음사리하는 날을 잡으며
먼 훗날을 기다리기도 했다
그대가 그립지 않을 때도 있었다

* 돌밀이, 얼음사리-내면에서 물고기 잡는 방법.

채비

서향 받으며 내면 드는 길 산벚이 한창 뱃재고개 넘어 괸돌 돌아 양수교세거리 난장에서 봄잠바 샀다

어둠 배인 봄바람 신배꽃내 풍겼다

달둔 영만네 집에서 새치구이에 감자국 먹고 밑거름 퇴비 네 포 얻어와

오막 드는 길가생이 두럭 짓고 거름 폈다 잠깐 새 몸에 두엄 내가 뱄다

서쪽 먼 곳에서 보내온 상자를 연다 연둣빛 향이 배인 배낭과 눈물약

어쩌면 나는 빡빡한 눈알 씻어내고 남은 시간과 지도 칸칸이 욱여넣고

먼 길 또 떠나야만 할 것 같다

서향

소금밭에 드는 서향은 참 넉넉했다
끌대 문간에 진대놓고
절인 생선 몇 점으로 허기 때우고
비틀거리는 물결과 걷는다
몸에서는 태열 같은 바닷내가 났다
소금에 절인 생선 냄새를 알 때쯤
유산처럼 물려받은 생의 내력도 알았다
지워내려 아무리 애써도 지울 수 없다는 걸 알았을 때
내 꿈이란 걸 알고
뇌수는 빼고 함수로 가득 채웠다
이미 염부가 되어
곡우의 송화를 기다렸다
소금밭에 물을 담고 송홧바람 지나가면
송화 배인 함수를 그러모아 창고를 채웠다
햇살 이글대는 소금밭엔 송화 염꽃이 뭉게뭉게 피었다
송홧가루가 날리는 사월과 오월 사이
사는 게 소금이라던 그가 서향 아래 서 있었다

한때나마

가덕으로 드는 길
바람에 날리는 벚나무 꽃잎
어디로 가는지 궁금하지 않다가도 문득
한때나마 몸 섞으며 살았던 그대가 궁금해질 때가 있다
비가 와야 생각나는 우산처럼
한때나마 몸 섞으며 살았던 도시의 한켠
연속극 보며 라면 끓이던 옥탑방
장엄한 노을 불러들이곤 했던
한때나마 꿈으로 궁색을 둘러대던 저녁
이웃집 담장에 쓴
“우리 집 개가 화나면 주인도 못 말린다”는 빨간 문장이
시처럼 따스했다
기억하지 않아도 좋을 그대가 기억날 때처럼
말 한 마디 한 마디가 이정표 같은 말들이어서 더 생생했다
한때나마 살아보려고 하면 된다 된다 되뇌던 문장들의 허구
중독처럼 또 라면을 끓이며
그대의 안부는 묻지 않기로 했다

다만, 어떤 기억은 지워지지 않는 것만으로도
따듯했다

달밤, 너하고는 첫사랑이구나

그 집 돌담 라일락은 흰색 꽃이 핀다

한동안 흰 라일락이 토종이라느니 원래 토종은 수수꽃다리인데 누가 가져다가 개량하여 미쓰김라일락이 되었다느니 그게 보랏빛 라일락이라느니 소문이 돌았지만 나는 그 집 넷째 딸이 쓴 시를 읽고 편지를 쓴 적 있다

흰 교복 위로 도톰하게 도드라진 가슴에 설레던 시절이었다 흰 라일락이 한창이었고 추신으로 라일락 꽃잎을 붙여 쓴 편지 문틈에 꽂아놓고 숨어서 지켜보던 봄밤,

돌담 뒷길은 어두워지고 달빛 같은 라일락 꽃향기 은은하였는데

향기는 어디서 와서 어디로 가나

바람에 섞인 문장의 향기 달빛으로 가득했다

봄날의 방언

아리라앙 아리라앙 아라아리이요오 아리라앙 고오개에르을 너머 간다
나를 버어리이고오 가시이는 니이믄으은 십니도오 모오옷가아서 발뺑 난다

고백할 것도 많은데
그대는 이미 떠났다
용서한다며 꽃은 피는 걸까
눈 쌓인 망덕봉 바라보며
언제 오냐고 또 방언을 했나보다
명근네 보연네 기순네가 나생이 캐러가며
못 알아듣는 소리 말고 따라오라고 한다
몸 풀리고 넋 놓고 돌아댕기지 말고
뭔가 좀 캐먹으라고 한다

그려 방언이며 헛것이 괜히 보이겠니

도광동을 지나며

슬픔 간직한 꽃들은 숭어리째 지고
눈물 많은 꽃들은 꽃잎으로 진단다

처녀꽃 피던 봄날 열두 살 그녀는 위안부 징집 피해 도광동으로 피난 갔다고
여든의 어머이 희미하게 남은 도광동 떠올리고 나를 앞세워 가자 하셨지요
고콜에 불 밝히고
숭어리째 떨어진 처녀꽃 수놓으며
낮이고 밤이고 조아리다 졸다가
새벽이면 홋잎이며 쑥 뜯어다 된장국 끓였다는 산기슭 집터
앵두꽃 환하게 핀 우물가 돌아보며
아직 마르지 않았구나 적시던 눈시울

어머이 말 한 마디 한 마디가 모두 시였고
한 생애가 시론이었구나

* 처녀꽃-명자나무꽃의 사투리.

봄나들이

난산이다
웃긋불긋한 혈흔이 곱다
신생의 빛 눈부시다
간난 울음 연둣빛으로 번진다
미얀마 아낙댁 대문에 금줄이 걸렸다
늙은 시어미 구환으로 젖이 돌고
아이는 잠이 들었겠다
찬바람 쐬면 낭중에 고생한다, 고
이불 밑에 손 넣어보고는
군불 넣으라 소리친다
벚꽃이 피고
제비가 집자리 보는 봄날
개구리가 울어 쌌더니
물 가둔 논배미마다 올챙이 바글바글하다
봄나들이 나온 아낙이
미역국 한 그릇 마시니 몸 풀린다고 웃는다
세상 모르고 젖 물고 자는 아가
꽃을 보듯 본다
만산 꽃들이 난산하는 봄이다

또 별러보는 일

끝까지 해본 건 뭐지

끝까지 가본 곳은 어디인가

사랑도 하다 지겨워져 헤어지자 했던

빗소리를 바라본다

골목 지나 다리 건너 어디 어딘가로 이어진 길 같은데
길을 따라왔을 뿐인데 집이 멀리 달아나고 있다

늘 다니던 길 어디가 어딘지 눈 감고도 지나는 길
모퉁이 돌면 꼬리 흔들며 물듯 짖어대는 검둥개와
구멍가게 긴 의자에 앉아 담배 피는 주름진 사람들
큰길 건너편 복권방과 발그스름하니 염색한 과일집 총각
우리는 너무 익숙해
모른 척
그런 척

문득 그 길들이 그리워질까
미운 정 고운 정 들어 헤어질 수 없다는 슈퍼 임 여사는
라면 끓여 낮술을 하고

길을 잃어버린 순례의 그림자는
어느 저녁에 들까

여기가 어딜까 젖은 별의 안부를 묻는다

삶의 연대기에는
꼭 슬픔의 몫이 남아 있다

눈을 쓸지 않았다
밤새 눈 내린 마을 하얗고 고요하다
놀빛 지붕 지시랑물 떨어지는 봉당에 앉아 꿈애기 했다
(꿈 얘기했다?)
살쾡이가 병아리를 물어갔다는 소문이 돌았다
버덩말 홍백이네 집 뒤
돌배낭구 상수내기에 부엉이가 앉아 있다
지북솥에 불 때고 알불 골라 화리에 한 삽 그러담았다
소금 뿌리면 푸른 불꽃이 이글거렸다
서넛이 둘러앉아 두런거리며
싸리가지에 가래떡을 꽂아 구었다
얼음사리 해 모래무지 매자를 조려먹고 싶었다
눈구뎅이 뚫고 고로쇠 물 받으러 갔다가 딴
느릅나무상황 차로 우려먹었다
먼 데서 안부를 물으면
그런 사진을 찍어 보내며 이러고 산다고 할 뿐인데
참 재밌게 산다고 지도 그렇게 살고 싶다고 한다
아프지 말고 건강 잘 챙기며 돈 많이 벌라고 문자 보낸다

내심 남해나 황해 뻘에서 나는
꼬막이나 석화가 먹고 싶었지만
설사 그런 걸 보내줘서 장작불에 맛있게 궈 먹었다고
마음 전하면 외려 약 올리는 것 같아
그냥 있는 대로 추렴해 술 한잔 나누며 지낸다고
답글을 단다

내일은 동네 장사 보러 가기로 했다

뒤란

하루는
밤나무 그늘 들인 뒤란 돌아보다가
고가구 찬장 날근날근한 문짝 안쪽
포개어 푸른 녹이 슨 놋사발과
오랜 먼지 내려앉은 거무튀튀한 사기대접
그 안에 이끼와 쇠털과 개털 머리카락과 실오리 같은 마른 풀잎
둥글게 엮은 그 속에 가슴털 뽑아 지은 둥지
엷고 붉은 진흙 점이 박힌
알 다섯 개

하루는
내가 어쩔까봐 멀리서 새가 날아와 울고 있다
붉은 가슴에 긴 꼬리 흔들며 개물푸레나무에 앉았다가
콩밤나무에 앉았다가 저만큼 날아가 앉는다
또 옅은 황갈색 털의 새는 꼬리 까불이며
난리치듯 몸 떨며 울고 있다
나는 눈으로만 얼른 보고 냉큼 돌아 나왔다
뒤란 돌아 우물가 평상에 앉자 새들이 얼른 둥지로 들

어간다

하루는
뒤란에 걸상 하나 꺼내러 갔다가
가슴이 붉고 목덜미가 흰 새가 부리에 뭔가를 물고
담장에 앉아 내 눈치를 보고 있었다
또 하루는
뒤란에서 가늘고 맑은 소리가 들려 가봤더니
찬장 안 사기대접 속 둥지
눈 동그랗게 뜨고 문밖을 엿보던 새들이
납죽 몸 숙이고 울음을 감추었다
나는 그의 집이 자꾸 궁금해졌지만 그가 집을 떠난 오랜 후
찬장 속 사기그릇 속 둥지를 보았다

어쩌면 내가 집을 떠날 때
나로 하여 마음 아팠을 늙은 내가 서 있었다

2부

흘러간 시간들은 무엇이 되었을까

사월

꽃 지고나면 기억나지 않다가도
때가 다시 와 꽃이 피면
새로운 듯 기억하지
그마저 모른 척할 수 있나
향기 참 좋다

누구인가

나를 잃어버린다 잃어버린 나를 잊고 잊은 나를 다시 읽는다 나는 일어나고 다시 나로 살아가기로 한다 두 발로 걷고 옷을 입고 모자를 쓰고 신발을 신는다

어제 한 일을 오늘도 하고 있다 아침은 날것처럼 새롭다 그나마 새롭다고 생각하는 것들은 느낄 새 없이 낡아간다

저녁이 달을 끌어당긴다 어둠이 내리는 걸 본다 이미 와 있는 어둠은 벽처럼 견고하고 꽃도 나무도 강물도 어둠 속으로 둥그러진다

나는 다시 나를 찾고 내가 읽은 나를 다시 읽는다 읽다가 잃어버리고 끝내 잊었다가 아침이면 내가 누구인가 거울 속으로 들어가기도 한다

꽃과 별은 다르지 않다

날 풀려
밭두럭 지나 당신이 사는 산기슭까지 다녀왔습니다
가난처럼 겨울은 천천히 물러나고
햇살 먼저 닿은 자리에 봄이 펴질러 앉았습니다
그 둘레 먼 길 걸어온 꽃들이 등을 밝힙니다
얼레지가 와서 등 하나 달았습니다
제비꽃이 와서 등 하나 달았습니다
산수유나무는 노란 등을 촘촘히 달았습니다
동백꽃도 알싸한 생강 내를 풍깁니다
개나리가 와서 그대 오는 길가에 등 달았습니다
벚나무도 안개등을 달았습니다
나생이도 꽃다지도 현호색도 달았습니다
돌배나무도 살구나무도 물앵두나무도 한꺼번에 와
하얗고 발그레한 꽃동산을 만들었습니다
다 오는데 깽깽이는 어디쯤 오는지
그의 자리를 둘러봅니다
좀 더 기다려볼 일이지만 깽깽이는 아직 오지 않았습니다
그가 와서 환하게 무더기로 달아놓았던 방은 캄캄했습니다

뭔 일인지 궁금했지만
좀 전에 온 복수초가 등을 달고
늦게라도 오길 기다리는 이편을 건너다봅니다
자꾸만 안부가 궁금해집니다
어제 새로 맺은 친구는 밤하늘 보며
그가 두고 간 기억의 시간을 들추어내 별을 달아주었습니다
기다리는 마음은 어디서든 간절합니다
꽃이 와서 마음을 밝히든
밤마다 별들이 하늘 밭을 갈든
기다리는 마음은 다르지 않습니다
와야 할 사람은 바로 당신이니까요

새덕골 함 씨

섬터 안막 새덕골 산 밑
붉고 낡은 함석지붕에 서리꽃이 핀다

바지랑대 같은 홀아비 함 씨
긴 허리 구부리고 들창문 연다

구름처럼 떠돌다 거주지 불명으로 주민등록 말소되었지만
칡소 여항어처럼 살둔에서 작업장에서 가덕에서 새덕골에서 떠돌며
터살이했다는 건 다 아는데

날 풀리면 개울에서 족대질하고 산에 들어 삼이며 버섯 약초 캐
사는 대로 살았다는 것도 다 아는데

세상에 있으며 없는 사람
섬터 장비쟁이 아낙이 회복시켜놓고 보니
사십 년 전 잃어버린 딸이 찾아온다
〉

살맛난다고 오랜 그림자도 따라와 곁에 앉는다

*섬터, 새덕골, 춰소, 살둔, 작업장, 가덕-내면의 지명.

그늘

사진 찍거나 그림 그릴 때
서 있든 앉아 있든 그대의 배경이 되는 곳

풍경을 세워두고 오래 바라본다

유리의 존재처럼
깨뜨리거나 상처가 되는

투과된 내안을 바라보는 그대, 굽은 생은 사랑인가

툇마루

나무의 결기가 두드러진 툇마루에 앉아
뜨개질하는 누이는 가장 행복한 이승 뒹굴고 있다
누구에게나 들키고 싶지 않은 구석에서
누구도 알아들을 수 없는 노래 부르곤 한다
혼 실린 가락이
넋을 뺀다
정신 나갔다는 말보다
또 다른 영혼을 즐기는 중
서서히 몸피를 줄여
광솔 키우는 소낭구처럼
몸으로 피우지 못한 사랑
한껏 즐기는 중이다
꽃이 졌다고 나무는 슬퍼하지 않는다
꽃을 보내야 또 봄을 맞이하는 것
누이는 지금 봄을 보내는 중이다
꽃들이 향을 풍기듯
생의 방언이 터져 나와 낮달을 부른다
희미한 기억에 귀기울이고 듣는
알츠하이머의 잠언
누이는 밤새 뜨개질을 한다

~수록

손바닥보다 작은 스크린 영화 보았다 멜로 영화
뻔한 사랑과 이별 그러나 사랑은 통속적이어서 인간적이다 이별 또한 비극적이어서 현실적이다
"사랑하는 걸 어떻게 숨기냐"는 대사가 오래도록 귓가 맴돈다 철학적이거나 사색적이지 않다

몸으로 사는 나는 늘 아프다
쎄 빠지게 일해 뭐하냐는 말이 아프고 꿈이 뭐냐는 말에 대답할 수 없어 애리다

동지

네잎클로버

저문 가을 속으로 지워지는 꽃들을 보았다

뉴스라고 펼쳐놓은 신문에선 낡은 벽지 냄새가 났다

삼강주막에서

배 기다리며 술잔 기울이던 나는
햇살 흘러가는 마른 강바닥에 매인 배처럼 정박하네

주모도 없는
외상 장부만 벽마다 가득한 정지간에서
흘러간 노래 불러보네

외상으로 살아온 시간이 모래톱에 걸려 있네

꽃이 되는 말

말이란

바람에 날리는 민들레 홀씨 같아서

그대에게 닿으면 꽃이 됩니다

오래전 던져놓은 말도 꽃이 됩니다

기억도 나지 않는 말은 새나 쥐가 들고나고

바람 불 때마다 웃음 날리고

비 오면 젖기도 하는데

기억나지 않고 모르고 한 적이 없다고

눈을 감아도

말은 민들레씨 같아서

그대에게 닿으면 꽃이 됩니다

물의 랩소디를 듣다

낮은 곳으로 흘러가는 것들이 하류쯤에 이르면
격정도 다 삭아내려 잔잔해진다

미약골에서 비롯된 홍천강도 마곡에 이르면
물살은 물살대로 어울리고 햇살과 달빛은 윤슬로 반짝인다

수많은 칼날 품은 돌들도
서로 품었던 마음 내려놓고 둥글둥글한 얼굴 하고 서로를 품는다

낮은 곳으로 흘러와 깊어지는 강물
스스로 푸르러지는 물의 숲
바람 한 자락에도 음결을 내어 모래톱에 와 눕는 그대여
물은 끝까지 가서 바다가 된다

끝까지 가보자 갈 데까지 가보자 하여, 이별하는 우리는
물의 가장자리에서 잠행하듯 읊조리는 물의 랩소디를 듣는다
〉

모래알 같은 슬픔조차 비켜간 적 없는 날들과
행복해하면서도 불안해지는 마음

너도 아프고 힘들었구나 너도 쓸쓸하고 외로웠구나
내게 밀려와 속삭이는 물의 노래

노을이 강물과 섞이는 물의 랩소디를 듣는다

우두망찰한 적 있다

바람 소리에도 밖을 본다
낙엽 지는 소리에도
달빛 환해도 문 열어본다
물소리 혹은 밤벌레 우는 소리에도
행여 누구일까
구름이 어디론가 가고
저녁은 붉은 노을 불러들인다
산 너머로 번지는 햇살
목 긴 새들이 쉰 목청으로 화답하며 난다
손 내밀면 마음 잡아줄까
두근거리는 말 하나 구름에 띄워 보낸다
어디서 흘러왔는지
꽃향기 한 모금 코끝을 스친다
멀리가도 환하게 다 보이는
꽃은 그대에게 가는 길을 알고 있다

저녁놀

엄마는 등 하나 달면서
빌 것이 많은지 연신 절합니다
할아버지는 건강하게 오래오래 살게 해주시고
할머니는 아픈 허리 낫게 해주시고
아범은 아무 탈 없이 직장 잘 다니게 살펴주시고
애덜은 학교 잘 다니고
아픈 데 없이 지 하고 싶은 거 다 잘 되게 해달라고
온 식구 한 사람씩 불러 소원을 빌며 절합니다
결국은 건강하게 해달라고 백팔 배 하셨는데
정작 엄마 소원은 말하지 않으셨습니다
온 식구 다 불러내어 소원 빌고 나서
세 번인가 더 절하셨는데
아무 소리 없이 가만히 절만 하셨습니다
외레 미소가 얼굴 가득했습니다
내 보기엔 셀 수 없을 만큼 절 올리셨는데도
허리나 무릎 아프다 하지 않으셨습니다
식구나 이웃의 소원 빌어주는 사람은
알아서 챙겨주시는 분이 있나봅니다
나는 엄마가 항상 웃을 수 있게 해달라고 소원을 빌고
아무 말도 안 하고 세 번 더 절을 했습니다

흘러간 시간들은 무엇이 되었을까

시간의 지도에는
푸르고 차가운 바람과 등고선이 깊었다
선과 선 사이사이 낮은 구릉에선
안개가 일었다 흩어졌다
그가 살던 집터는 신당나무 가지가지 벌고
새끼 쳐 나간 빈 둥지 검게 삭았다
옻물 뜨던 샘통 가생이엔 노란 물봉선이 폈다
그 꽃은 피고 지며 싱그러웠고 새로웠다
뒤란 서리복상이 시금털털한 맛을 물려준다
어둔 저녁 툇마루에서 먹던
삶은 개복상 같은 시간의 지도
다시 돌아올 것처럼 떠난 자리마다
나무들이 죄인처럼 서서 기다리고
나이테며 잎맥마다 숨겨둔 핏빛의 단풍이 붉었다
나무진골에 묻어둔 전설은 조금씩 잊혀져갔고
능이버섯이나 따러 갔다 따온 개복상 먹으며
벌거지처럼 기어 나오는 기억을 잇대보다가
흘러간 시간들은 다 어디로 갈까
우두망찰 바라보는 눈시울 너머

잠행했던 이름들 흩어지고
철새들은 또 먼 하늘 울며 날았다

나무진골

만개의 집터가 있다는 만대산 자락
여우가 득실대던 여우박골은 태서방네가 살았다
나뭇단 묶다 꼰졸나무 뒤에 숨은 여우랑 눈 마주치면
서로 놀라 지게마저 내팽개치고 내리뛰었다
콩낫가리 뒤적대던 쟁끼와 까투리가 놀라
범에골 쪽으로 날아올랐다
범이 살았다는 골짜기엔 더덕이 덩굴졌다
두릅이 한 뼘쯤 나올 때면
개복상꽃도 활짝 피었고
처서 지나 물렁해질 쯤이면 벌거지가 그득했다
대머리 김 서방네가 살았다는 나무진골 서리복상은
떨떠름하니 들척지근했다
주루먹 한가득 따 지고 내려와
딱딱한 건 골라 쪘다
시큼한 복상 냄새가 낮게 새어나면
할아부지 삼촌 고모 누이들
저녁상 두루반에 둘러앉았다
시간의 지도에는
무섭고 무시무시한 전설들이 어둑어둑하게 고인다

개복상은 밤에 먹어야 약이 된다
그런 말이 있었을 뿐
먹다보면 고소하고 쫄깃쫄깃한 것이 씹혔다
뭔지 다 알았지만 아무도 말하지 않았다
가끔 삶의 등고선과 등고선 사이에
누렇게 익은 복상낭구가 눈에 선했다

* 만대산, 여우박골, 범에골, 나무진골-영귀미면 후동리의 지명.

난추니

난추니란 새가 보고 싶었다 청난추니 백난추니라고 부르던 새. 올챙이가 논바닥에 바글바글할 무렵이면 작은형은 산에서 새끼를 꺼내오곤 했다

잿깐 옆에 새장을 짓고 난추니를 키웠다 올챙이 개구리 잠자리 등 고기를 좋아해 열심히 잡아다 멕였다 솜털을 벗고 난추니의 태가 날 지음 깡충깡충 뛰며 홰를 치며 날기 연습을 했다

새장이 좁아 문을 열어주면 쌩하고 날아 밤나무에 앉았다가 개구리를 잡아 흔들면 쏜살같이 날아와 낚아채 갔다 사냥술을 가르쳐주지 않았지만 저 스스로 비행술과 사냥술을 터득했다

산속 길 내면으로 들어오다가 낯설지 않은 새 울음을 들었다
혹시 그가 아닐까

* 난추니: 새매. 어렸을 때는 '난치니'라고 불렀다. 청난추니(수컷), 백난추니(암컷).

3부

겨울에 눈이 와서 다행이네

겨울에 눈이 와서 다행이네

돌배나무집에 모인 마실객들이
집으로 돌아가는 길 눈이 내리네
강밥 먹으며 민화투 치는 동안에도
맨두 끓여 먹는 동안에도 까맣게 몰랐는데
노루가 뒤 보러 갔다 오면서
눈 몇 송이 꽃처럼 머리에 달고 오네
쌓이기 시작하면 금방이지
하나둘씩 일어서며 제 집으로 가네
발자국도 길 잃을까봐 따라오네
들창 너머 와 있는 어둠이 눈에 묻히네
뒷산 토끼 몰러가자고 했지
벌써부터 토끼탕이 먹고 싶어지네
내 잠 속으로 눈이 내려 쌓이네

남장놀이

정월 대보름 달맞이가 끝나고
애들은 애들대로 개울 건너 집으로 몰려가면
어머이들은 수근수근 하나둘씩 밤나무집에 모였다
일찌기 과부가 된 영광댁은 아직도 처녀 적 말씨
화장품 좀 팔았다는 속새울댁이 화상을 그린다
호미 들고 밭고랑 타던 아낙이 넥타이 맨 사내가 되어
밤길을 간다
혼자 가기 쑥시러울까봐 들러리선 어머이들
말무데미 지나
불 꺼진 사내 방에 사내가 된 남정네를 밀어 넣는다
어서 어서
오늘 일은 오늘 일
아무도 모르고 모르고
달도 슬쩍 구름 속에 숨는다

누가 알겠어 사내가 되어 혼자 사는 남정네를 찾았을 뿐
길은 새벽녘에도 달빛으로 환했다

송홧가루가 날린다

옛날이래 봤자 겨우 오십여 년 전
곡우 지나면 어머이랑 송화 따러 갔다
일 년에 열두 번 제사 지내는 종갓집 맏며느리
긴 소나무 가지 휘어 내 손에 쥐어주고
무슨 노랜지 처량한 가락으로 송화를 땄다
분가루 날릴라 간내이 다루듯
마냥 똑똑 따야 하는 일
일 같지 않게 노랑 하셨다
한 가지 다 따고 가지 놓으면
송홧가루 노랗게 하늘을 가렸다
또 한 가지 휘어 쥐어 잡고 있다보면
오줌은 왜 마려웠는지 더러 놓치기도 했는데
그때마다 송홧가루 노랗게 날았다
날아가는 송홧가루에게 한 말이겠지만
"잘 가라 내년에는 산 너머 먼 곳으로 가 소낭구 하나 품거라"
아쉬워하지 않았는데
내 콧등이며 눈두덩에는 송홧가루가 노랗게 앉았다

송화는 바람도 없는 햇살에 널어
절로 익어 터지기를 기다렸다가
가는 체로 쳐서 물로 가라앉히고
다시 재쳐 햇살에 말려 단지에 담아 광에 두었다가
젯상에 다식으로 괴어 올렸다
顯祖考學生府君은
삼촌들과 당숙의 기억 속에서 잠깐씩 돌아왔다 가고
늦은 밤 음복으로 취하여 날 새곤 했지만
내 입가엔 묻은 송화다식 노란 기억은
소낭구 가지 쥐어주던 진한 송진만
끈적끈적한 노랫가락으로 끌려 나오곤 했다

청어과메기를 먹다

삭풍에 걸어둔 청어가 꾸덕꾸덕 말라간다
어머니는 한 마리 걷어와 두들겨 팼다
새벽 바다에서 돌아온 아버지는
소주 한 병 대접에 따라 마시고
청어 통과메기 대가리 떼어내고 껍질 벗겨내고
맛 간장을 찍어 우적우적 씹어 드셨다
적당히 마른 청어알
오독오독 터지는 소리 겨우내 살바람처럼 들렸고
겨울 모래톱에 살얼음 지고
역전 할머이들 놀다 가라는
속뜻 알 무렵에야
청어 통과메기가 먹고 싶었고
우악스럽고 무뚝뚝한 아버지의 몸에선
비릿하게 말라가는 청어 냄새가 났다
어린 시절 구역질나게 했던
청어 통과메기
니도 이 맛을 알 때가 되지 않았겠나
한 마리 두들겨 패 먹어보라며 주던 그녀
늙은 매실나무 가지 끝
한두 송이 버는 살 냄새
아늑해지는 삼월 중순 저녁이었다

귀밝이술

큰말림 위로 달뜨면
어머이랑 나란히 서서 저릅대에 불 붙였다
강원도 홍천군 동면 후동리 동막골에 사는 누구라고
고한 뒤
세상에 난 사주에 삼재소멸 액막이 해달라고
저릅의 불 활활 일어 소원을 빌었다
식구마다 어머이는 빌어야 할 소원 빌었는데
후렴처럼 아프지 말고 삼재 막아달라고
삼재가 세상에서 제일 무섭다며
니도 삼재가 드는 해이니 빌라고 하셨다
두 손 모아 싹싹 빌면서 그렇게 하는 게 달맞이인가보다
집 떠나 멀리 사는 식구들도 불러내
저릅대에 애들 나이만큼 매듭을 묶어
만월을 향해 허리 굽실거리며 빌어주었다
누군가의 소원 들어주는 일
달이 해야만 하는 일이라고 믿게 되었다

늦은 밤 집으로 가다가도 달에 기대어 소원 하나 빈다
보이지 않는 마음이 어두운 길을 밝혀 네게로 간다

조풍내이

구름이 더케더케 몰리더니
곰방이라도 눈이 들이치겠다
망아지만 한 간내이들이 궁상떨 요량이다
손에는 잘구매기 하나씩 들고 개울 건너온다
들미버덩 정순이는 빽지서낭당이 무서워 돌멩이 하나 던져놓고 냅다 뛴다
창말 선화는 너케진 얼음판 건너다가 쫄쩍 미끄러져 궁뎅이 적셨다
일어서기 사는 복자는 가래떡을 가져왔다
선여는 부강지에 쫄가리 넣고 다릅낭구 껍데기로 밑불 살려내
삐주가리며 마른 장작 넣어 물 데운다
선화는 부강지에 젖은 궁뎅이 디밀고
각자 한 됫박씩 퍼온 조이를 이남박에 쏟아 물에 불린다
노리끼리하고 자잘한 좁쌀 조리로 일어 대자리에 담는다
물이 삐면 절구에 투덕투덕 찧는다
시루에 켜켜이 담아 노강지에 안치고 등개 개서 시루번 붙인다
노강지 소당으로 시루를 덮고

마른 장작 넣어 짐 올린다
선화 궁뎅이가 익어 김이 모락인다
시루번이 누르스름하게 마르고
소당 가생이에 짐이 맺히면
뜸불만 두고 곰배로 그러내
알불 한 부삽 화리에 담아 가래떡을 굽는다
노르스름하게 누른내가 난다
뜸불마저 사그라지면 소당을 연다
참았던 숨 내쉬듯 짐이 오르고
시루를 떼어 너른 쟁반에 뒤집어 쏟는다
보실보실 쩌진 조풍내이
입안에서 몽글몽글 차지다

어른들 밤바치로 잔치 보러 간 눈먼 날들
젖멍이 도톰해지던 열서너 살 섣달 하순 날이 샌다

* 조풍내이: 메좁쌀로 해먹던 떡.
* 들미버덩, 뺏지서낭당, 창말, 일어서기, 밤바치-내면의 지명.

강냉이범벅

한길씩 눈이 쌓여 오도가도 못 하면
애인은 옥수수 푹푹 삶고 또 붉은 팥도 삶고 당콩도 삶는다

실룩이는 궁뎅이 바라보느라면 허리 잡기라도 할까 싶지만
걸리적대지 말고 눈이나 쓸라 한다

눈발은 더 굵어지고 한 번 쓴 마당엔 또 눈이 차올라
넉가래질하면서도 마음은 벜 쪽을 향한다

벜 창살엔 뿌옇고 희끄무레한 김이 달착지근하니 새어나고
강냉이 알알이 뭉근해지며 모락거린다

다 쳤으면 두리반 펴요

암만 봐도 애인은 전생이 참 착한 사람이다

오는 봄엔 그녀의 오지랖만 한 텃밭 얻어야겠다

겨울엔 겨울하지

초겨울 움돈은 연둣빛 양배추 쌈 맛에 길들여진다
세상 만난 듯 울던 벌레들
몸피 서둘러 숨기고
쥐눈이콩 틱 툭 톡 꼬투리 트는
서향의 하늘 개머룻빛
가매소 바닥에 쌓인 나뭇잎 속에는
주먹만 한 알가지들이 들었을 거라며
산 너머 야양바다에서 통발로 잡아온 도루메기 구어
버덩말 패들은 됫병 세 개 비우고 읍내로 나갔다
들고양이들이 광다락에서 내려오고
산밑엣집 김 씨는 목비 다 맸을까
쪽마루 아래 발그레한 진흙 봉당
달빛 일렁일렁 한삼태기씩 엷은 어둠 밀어내며
큰 신발은 큰 대로 작은 신발은 작은 대로 널브러진 댓돌 위에
문풍지 올빼미처럼 우는 섬터
읍내 나간 술 패들이 돌아오면
깜빡깜빡 선잠에 들던 눈이 호랭이 눈처럼 커지고
섬터 옛집에는 어둠조차 반가이 손 내밀거나
선하고 아슴해지는 냉괄내가 웅얼거린다

씨간장

밤나무 그림자 돌담 넘고
옥씨기 둥구마니 속 골방구리
밤새 웃자란 이빨 갈아대는
큰말림 동막골 지관집 뒤란 장독대
다섯 동이 품 간장독
햇살 넘실대는 새까만 간장 빛에
둥둥 뜬 숯과 빨간 고추와 대추
증조할머이의 시어머이 때부터 담가왔다는
씨간장은 짜고도 달짝지근하다
소당에 들지름 조으는 냄새며
자그르르 자그르르 구어지는 뒤비며
두툼하게 붙여낸 두드래기적
메밀 소적과 동부 대적과 산적
송화다식 검은깨다식 약과 과줄
초지에 지방과 축문 쓰고 나서
향 때리고 나면
먼 할머니 슬하 뒷골 작은댁과 천안 원주 삼촌과 서울 당숙은
신주에 전병 장물에 찍어

씨간장 같은 먼 할머이 행장 풀어낸다
그해 눈이 엄청 내리고 바짓가랭이 얼어 데걱데걱했다는
다른 건 몰라도
간장은 꼭 진설해야 하는 제삿날

젯밥꾼들은 벌써부터 사랑방에 죽치고 담뱃내기 화투패 돌렸다

골말 산지당골 대장간에서 제누리 먹다

골말 산지당골 대장간에서 먹는 제누리는 맛있다
옥양목 머릿수건 쓴 새댁이 호면을 삶아
동치미국물에 신짠지 송송 썰어 얹은 국시
이 냄새는 새콤하니 삭은 삼삼한 맛이어서
복골 상노인네도 때 되면
뒷짐 지고 재 넘어와 평상에 앉는다
엄 대장은 마을 떠돌며 야장하는 터라
골말 산지당골 대장간 평상에는
붉은데이 작업장 버덩말 섬터 아랫비랑 중노인네들이
입동 햇살 덮고 앉아 톱을 쓸기도 하고
엄 대장 정에 맞춰 메질도 하며 차례 기다린다
지금은 땔 낭구할 때라 도꾸며 묵낫 작두가 상한 잇몸 드러내고
문드러진 톱날이 붉은 이빨 드러낸다
늘원장이나 고개 너머 큰 장에도 나가는 엄 대장은 입담도 세다
내 이래 봬도 임금님 칼을 벼르던 야장이었지 지금이야 떠돌이 딱쇠지만
먼 산 구름 보며 웃을 때는 소를 닮았다
호미며 낫 괭이 작두 칼 복령꼬챙이 늘어놓은 평상 한쪽에

새댁은 입 수대로 국시를 말아 차린다
누구도 물어보는 이 없지만
엄 씨가 새장가 갔느니 보쌈해 왔다느니 풍문이 돌았어도
누구도 쇠때 채운 듯 입 열지 않았다
함께 산다고 흉될 낫살도 아니지만
소문은 돌고 돌아 사시낭구 바람처럼 쇄쇄거렸고
탁주 한 대접 비운 엄 대장 봉평 어딘가 사는 먼 친척 동생이라며
겨울 한철 잠깐 살림 봐주러 왔다고
제누리 먹는 동안 색시는 불이 꺼질세라 불메질이다
노루가죽 덧댄 불메 밀고 당기면
쥐 우는 소리 토끼 우는 소리 노루 우는 소리를 따라
스적스적 노량 꺼지지 않을 만큼 밀고 당겼다
엄 대장이 먼저 일어나 봉담배 말아 불에 붙이며
우리 색시 손맛 좋지, 한다
확 사루어오른 불길에 색시 얼굴이 발그스레 달아오른다

* 골말, 산지당골, 복골, 붉은데이 작업장, 버덩말, 섬터, 아랫비랑, 늘원-내면의 지명.

청버섯

뒷산 콩밤나무 아래 풀수평에는 안들미며 쉬크렁 사초가 많았다

아침 마른 여물 먹은 소를 몰아
콩밤나무 아래 고삐 길게 매두고

갈풍대기 아래나 풀섶에서 청버섯 따 꿈지에 꿰었다

우산처럼 확 팬 버섯은 뚜가리장이나 호박장국 끓이고
더러 호박잎에 싸서 굽기도 하였는데

나는 덜 팬 버섯 잿불에 구어 먹는 걸 좋아했다

소금이 녹고 물기가 배어난 청버섯이 노르스름하고 조글조글 구어지면
동상들과 보릿짚 빨대로 국물 쪽 쪼옥 빨아먹었던,

그 맛은 상게도 혀끝에 감돈다

가난이 한뭇했던 그 맛은 참 오래 따라다닌다

콩나물국

콩나물국에는 신김칫국물이 제격이다
눈 많은 골짝에선 집집마다 콩나물을 길렀다
쥐눈이콩 물에 불리면 밤하늘 별이 돋듯 눈이 튼다
시룻바닥에 얇은 짚발을 깔고 그 위에 눈 튼 쥐눈이 콩을 누면
생은 어둠 가운데서 눈 뜨는 것이다
첫날밤 문구멍으로 훔쳐보던 어둠이 저렇게 설레었겠다
정한수 뜨듯 지름기 닿지 않은
샘물 휘휘 뿌려주면 그만인데
툭툭 눈트고
어둠 건너 솟아오르는 저 힘은 어디서 오는지
백수에 말갛게 끓여낸 콩나물국에
김치 곽에서 갓 꺼낸 빨간 김칫국물 말아 훌훌 들이키면
취기에 메슥거리고 몽롱한 속이 편안해지는데
콩나물국을 찾는 날이면
술에는 장사 없다, 며 늙은 어머이는 쓰린 속 달래주기도 했다

굴뚝새

굴뚝새 살던 뒤란에선 제비꽃이 피었다
누이는 꽃반지 만들어주며
이쁜 색시 만나 잘 살라고 했다
학교 갔다 오면 집은 텅 비고
쪽 든 고야 따먹고 자주 배앓이했다
굴뚝새 드나드는 돌담 틈새
앵두씨 물어다 묻는 다람쥐
울타리 위에 오도카니 서 있다
굴뚝이 사라진 뒤란에선
바람에 몰려온 마른 밤나뭇잎이 바스락거리고
구석마다 도사린 거미줄이 출렁거렸다
귀신이 산다는 소문과
가문의 낡은 문살 사이로
옛날이 어둑어둑 걸어 나왔다
아무도 몰랐을 세상
늙은 아버지는 지게에 콩섶을 지고 와 마답을 폈다
개자리에 웅크린 누렁이가 불현듯 고개를 든다
연기가 새는 굴목에서 까맣고 조막만 한 새가 들락댄다
뒤란 바람벽에 걸린 익모초가 쓰륵댄다
문밖에서는 보이지 않는 옛날
굴뚝새 같은 저녁이 오곤 했다

자장가

열 살이면 반품 해야 한다
열 살이 되자 누이는 울음을 달랠 줄 알았다
오목눈이처럼 속 붉은 제 울음뿐만 아니라
어린 동생의 막울음 달랬주었다
일곱 살부터 베개 업고 놀던 누이
자장자장 느린 곡조를 따라
잠들거나 울음이 멎는 낮달
사람은 왜 우는가
비린 눈물의 근원을 조금 알게 되면서
생은 늘 폭탄을 품고 사는 것
언제든 밥상이 뒤집어지고
누군가 피멍이 들어 울면서
밤 깊었다
목이 메어 밥을 삼키는 동안
한 살 터울 아가들이 태어나고
누이는 애를 업고 학교에 갔다
애가 울면 얼른 업고 뒷문으로 나가
등나무 그늘 아래 오래 서성였다

흰 등꽃이 피면 자장가가 들린다

느티나무 그늘에 편 새참

느티나무 그늘은 오래된 풍경이다
풍경 속 걸어 나오는 울 어머이
새참으로 가매에 콩칼국시 끓여 동우에 담가 이고
밭둑서리 따라 잰걸음으로 나시네요
버드낭구 이파리도 누릇누릇 시들고
귀 따굽게 울던 벌거지들도
따숩게 서 있는 정애비도
여름내 질벅대던 하늘 탓에 성한 것 없이 다 썩어 문드러지고
옥씨기 대궁 바싹 말라비틀어진 비알밭
멧옥씨기 토세이 자루메기마다 쟁여 넣다
잔등 펴 부르는 허기
어머이 예요 배때기 등때기에 찰싹 달라붙네요
그랴 얼른 가마 좀 지둘러
종종 걸음으로 걸어 나오는
느티나무 그늘
오래된 잔향

4부

과
꽃

첫눈

늦었다는 말은
그래도 왔다는 말

늦는다는 말은
끝까지 기다려달라는 말

올 사람은 온다

덧눈

눈 쓸고 돌아서 올라오는 길

또 눈이 쌓였다

그리워하지 않겠다고

강물처럼 흘러가서 돌아오지 마라

돌아섰는데

첫눈 위에 다시 쌓이는
눈처럼

문득 생각나는 사람

과꽃

너무 조용해서
달도 뒤꿈치 들고 지나간다

들쥐가 갈퐁대기 뒤적여 도토리 찾는가보다

소나무에 앉은 솔부엉이가 뱅그르 모가지 돌려 눈 맞춘다

안부라도 물으면
잘 있다고 웃는다

바늘

숫자를 바라보는 바늘은
슬픔 쪽으로 기울어진다
모자라거나 넘치거나
바라보는 바늘은 불안하다
목욕하고 나와 저울에 올라선 순간
마음의 안쪽에 웅크린 비만이나 실조失調를 들먹이고
허리 졸라맨 불안한 날들과
빠지지 않는 뱃살
먼 미래를 불온하게 바라본다
늦은 밤 구멍 난 양말을 꿰매는 바늘은
잠시나마 찬바람을 막았지만
언제고 터질 불안은 불안하다
후하게 달아줬다는 돼지고기가 의심스럽고
덤으로 조금 더 드린다는 사과가 궁금해진다
눈대중이나 대충 적당히 하라는 말의 이면에는
바늘의 영역을 벗어나 떨고 있는 슬픔이 보인다
햇살처럼 슬픔이 눈을 감으면 따듯해질까

맑음

귓속에 든 물이 뜨겁게 나왔다

수국

꽃을 탐스럽게 피우고서도
꽃물 다 마르도록 지는 꽃이 있다
사는 게 과정이라며
사는 걸 보며주면 된다는 수국의 허무가
칠월 저무는 노을에 쌓인다
첫 마음은 흰색으로 다가서지만
마음이 바뀔 때마다 하늘빛이 되고
다시 사랑이 찾아올 쯤
붉은색을 더하여 보라색으로 내 앞에 서는 당신
벌과 나비들은 수시로 문을 두드렸고
생각도 없이 속으로 파고들었지만
정작 노을 뒤에 내리는 어둠처럼 꽃잎이 진다
내가 배운 문자들이 꽃잎으로 해체된다
"꽃길만을 걸어가는 게 생이라면 그게 사는 거냐"던 그대가
먼 길을 퇴근해 오고 있다

찔렁

찔렁이라 하면
동막골 은행나무집 초등학교 동창
야무진 지지배가 떠오른다
이쁘지도 귀엽지도 않은데 뜻밖에
향기로 한몫하겠다는 달롱이나 나생이처럼
작달막한 봄꽃처럼 마음 불러내던 여자
완경의 그믐달 같은 사월의 그 여자
꽃이란 살아 있는 향기여서
오래 묵은 장맛 같은 이름이어서
내면 을수나 달둔 월둔 기슭에 핀 하얀 꽃
몹쓸 돌림병이 도진 경자년
스스로 격리된 골방 창 너머로
하양과 연두가 유행처럼 밀려온다
이상하지
꽃은 피는데
봄이 오는지 가는지
하나도 궁금하지 않은 사월의 그 여자

너는 어디쯤 지나고 있니

수타사, 소나무 법신

나무, 속이 비어간다
비어간, 둥지에 구지뽕 문 새가
하룻밤 자고 간, 빈집, 오래전 상처
살다보니 누구는 죽고 누구는 살아
구멍. 아 구멍 같은 저쪽에서
새같이 작은 하늘이 앉아 있다
구멍을 오래 들여다보니 환해진다
천천히, 오래도록 썩어가며, 아무는 동안
동안처럼 곱상한 하늘의 어린 날들
왼쪽 이마에 나비로 아문
상처의 딱지 뜯어낸 자리마다
꽃이며 나무며 새들이 깃든,
살아서 욱신거리는 상처의 안쪽
하늘의 구멍은 또 환할까
누구도 모르는 저쪽
뒤틀린 삶을 바라보며
저녁마다 캄캄한 빈집
사랑이 그렇게 완성되는
품에 살자고 찾아든 별들처럼
구멍 속에서 꽃이 핀다
나비가 난다

덜컥

뚫어지게 들여다본다
생사의, 절체절명의 늪에서 구할 수
한 번도 만난 적 없는 화타에게서 찾는 묘수
무궁하고 무진한 수
그러나 보이지 않아 오래 헤맬 때
"그런다고 되나 죽은 새끼 부랄 만지기지"
히죽대는 수
오만방자한 저 준두가리에서 셋바닥을 빼낼 수
살아나갈 절묘한 수
찾아내야 하는 수
"오 그래 길이 있지"
판이 갈라져라 꽂아 넣는 끼움 수
그 돌을 만지며 또 옭아매고 죄어 붙일 수
들여다보는 정수리를 바라보며, 잠시
자리 비우고 판을 비우고 속을 비우고
행마를 지우면 매화꽃이 필 것인데
꽃가지 꺾어 들고 온 손이 고와서
덜컥 잡은 가지 끝에서 꽃이 피었던가
아 몰라

여태 장고하고 있는 그가
에라 모르겠다 뻗는 수

사랑을 할 때는 덜컥 수를 둘 줄 알아야 한다
매화육궁의 품이 그리울 때면

관광버스에서 꼬인 시

“다음은 허림 시인의 순섭니다 농투배기들 피땀 씻어줄 노래 한 곡 부탁드립니다 어서 나와주세요 뜨(삐~~~~)음 들이지 말고 나오세요 사회자는 왕입니다 어서요”

옆자리 엄 씨도 뒷자리 백 여사도 나가라고 노래 한 곡 듣자고 떠민다 시 쓴답시고 동네 소문났지만 여태 시 한 줄 안 읽어줬다며 이참에 노래로 가슴을 울려달란다

“시란 게 뭡니까 우리덜 같은 농사꾼 마음 다독여주는 거 아닙니까 부탁합니다 너무 뜸들이네요 숨넘어갑니다”

떠밀려 나가 귀엣말로 모란동백을 신청하고 전주가 나오는데 처음인 듯 처음처럼 어느 장단에 발맞추고 몸 비벼볼까 서로 쳐다보다가 이내 잠잠해지는, 활활 타는 횃불에 물 끼얹은 듯 피었다 지는 모란동백

“참 시적이지만 쓸쓸했네요”

관광버스는 달리고 몸은 몸대로 마음은 마음대로 막춤도 좋고 등신춤도 좋고 흔들리면 흔들리는 대로 벌주 다섯 잔에 떨어진 동백처럼 업혀 들어온 친구 아들 잔칫날

다리

시월 중순이면 내면은 초겨울에 들지요
된서리 내리기 전 무꾸와 배차 뽑아 김장을 해야 한답니다
겨울 나려면 백 포기쯤 해야 한다고 김치 광을 파랍니다
지난겨울 김치 광에선 고라니가 자고 가고
퇴끼 새끼가 들어 자다가 아재한테 들켜 줄행랑쳤답니다
군불 그러담은 화리에 고구마 묻고 하늘 보다가
참 별도 창창하다 낼 아침엔 된서리 내리겠네
장갑이랑 목도리랑 벙거지 찾겠다고
장농 두적대다가 구박을 받았습니다
엄마는 볕들면 콩마답 할 테니 어데 가지 말라 했는데
낼은 첫눈이 왔음 좋겠다며
무슨 약조라도 한 듯 첫눈을 기다립니다
아주 오래전 구들 아랫목에 엎드려 주간지 보며
미지의 여자와 펜팔 한다고 설레던 초겨울
일찌감치 김장하고 긴 겨울 건너는 내면에서는
저마다 다리를 놓습니다 누가 건너올까마는
간절해지는 건 어쩌지 못합니다

혼자, 라는 말이 무서워졌다

지난 섭생의 시간을 뒤적거리기 시작했다
점심에는 밥과 두부조림 날두부 김치 고등어조림 오이무침 어묵볶음 미역무침
후식으로 밤식빵과 헤즐럿 커피
여기에 내속을 꼴 만한 뭔가 있나
혹시 날두부가 너무 차갑지 않았나
너와 나 사이 상극의 조합이 있었나
달려가 앉으면 좌_악
어제 아침은 언 빵을 녹여 플레인과 우유 거기에 핫바 먹었다
하루 동안 먹은 양은 설사의 양과 비례하지 않는다
내심 장염이거나 급체라고 짐작해보지만 오늘은 일요일
무작정 견디는 것 견뎌야 하는 것
어디서 생겨나는 것일까
항문의 언저리가 너덜해지고
짐승들이 우는 시간마다 깼다 눕다 견디다
겨우 아침이 되어 서둘러 동네 의원을 찾아 몸을 보인다
그는 청진기로 몸의 소리 듣고 처방한다
먹을 것 앞에서 욕심 부리지 마세요

언제 먹을 것이 생길지 모르는, 생겼을 때 채우고 보는 야생의 식생

혼자라는 생이 갑자기 무서워졌다

코가 삐뚤어졌다

"여보세요 허림입니다"

"목소리 좋으시네요 허스키하고 약간 코맹맹이 소리가 로맨틱하네요"

"고맙습니다 코맹맹이 소리를 다 관심 있게 들어주시다니요"

감개무량했다 그는 끝내 누구라고 말하지 않았다

코는 늘 맨 앞에서 삶의 향기를 맡고 살았다 꽃향기에 이끌려 담을 넘다 무릎 까기도 했다

한눈팔다가 투명 유리벽에 부딪혀 코뼈가 부서지고 오랜 전투의 이력에는 장미꽃처럼 홍건한 코피가 묻어 있다

그가 눈치 채고

"코가 삐뚤어졌네요 코가 자주 막히고 부비강에 유두종 증상이 있습니다"

"어쩌면 좋을까요"

"처방을 잘 내드리지요 꾸준히 드시면 좋아질 겁니다"

십오 년째 듣는 비뚤어진 코의 환절기의 증상

그녀는 아직도 안개에 젖은 로맨틱을 기억하고 있을까

발문

내면과 외면 사이

— 허림의 아홉 번째 시집 『골말 산지당골 대장간에서 제누리 먹다』를 읽다

김인자(시인, 여행가)

1

비요일이다. 우산 대신 우의를 걸치고 전나무 숲으로 든 건 두 손을 구속시키지 않겠다는 의도가 가장 크다. 모두 본래의 자리로 돌아가게 하는 저녁처럼 비는 조곤조곤 속삭이듯 내렸다. 눈을 감고 아름드리나무에 등을 대고 있으면 뿌리에서 가지 끝으로 분주히 퍼 올리는 물소리와 초록 비린내가 섞여 스콜이 내린 남태평양의 어느 원시림에 와 있는 착각을 불러일으킨다. 바람은 옷자락을 펄럭이며 마지막으로 행복을 느낀 것이 언제냐 묻는 듯하다. 오래 함께했거나 마주보고 산 풍경들이 순간에 지워지는 일도 그렇거니와 반대로 단 한 번 스친 인연이 평생 마음에 껌처럼 달라붙어 공생을 지속 유지하는 것이야말로 아

이러니이고 수수께끼다.

내부든 외부든 젖는다는 건 살아있다는 명백한 증거가 아닐까. 하지만 그 무게를 고스란히 감당해야 하는 건 떠나는 자는 떠나고 나머지는 산 자의 숙제가 되어 그 모두를 하나로 더하고 나누는 과정에서 느끼는 교감은 얼마나 따스하고 온당한지. 세상은 여전히 어수선하나 그런 소란과 무관하게 가을이 깊어가는 건 얼마나 위대하고 또한 자연적인가. 건조했던 몸이 비에 흠뻑 젖어 집으로 돌아오니 시인이 보낸 메일이 도착해있다.

허림, 그는 참 부지런한 시인이다. 아홉 번째 시집 원고를 보내왔다. 읽어주면 고맙지만 읽지 않아도 괜찮다고, 그러나 혹, 시를 읽고 목에 가시처럼 걸리는 게 있다면 한마디 해주면 좋겠다는, 이도저도 아닌 밍밍한 메모가 따라왔다. 이 머쓱함이야말로 시인만이 가질 수 있는 순수가 아닐까 싶다. 수십 년 시력이 고스란히 담겨있을 원고를 한없이 모자라는 내가 감히 해설이나 시평을 쓸 수 있을까. 당치 않다며 손사래를 쳤으나 눈으로 보지 않아도 그 손사래가 절대 부정의 의미가 아니라는 것쯤은 아홉 번째 시집을 준비 중인 시인께서 모를 리 없다. 하지만 내가 쓰는 글에 굳이 뭔가를 붙여야 한다면 평론가들 눈치 보지 않고 일개 독자가 제멋대로 쓰는 '감상문' 정도가 될 것이다.

"강아지풀처럼 슬픈 사람들만 있는 것 같은 오후" 2021년 8월 4일 오후 4:39, 허림 시인의 SNS에 올라온 짧은 한 줄. 연이은 폭염으로 늘어진 개의 혓바닥처럼 나른한 오후를 단숨에 깨울 만큼 신선하다. 저리 귀엽고 발랄하고 장난기 가득한, 하여 곁에 오기만 해도 귓불이 간지러워 미칠 것 같은 강아지풀에서 '슬픈 사람'을 읽는 그의 심안은 흥미진진하면서도 놀랍다. 더위를 핑계로 원고를 받아 놓고 아직 개학일이 좀 남았다고 방학숙제처럼 미뤄온 나는 이 한 줄로 늘어진 게으름을 걷어내고 자세를 고쳐 앉아 원고를 읽기 시작했다. 그러고 보면 시인은 독자를 볼모로 말을 가지고 노는 사람이 아니라 이 같은 상상력을 멋대로 운영할 줄 아는 언어의 마술사다. 단편적이지만 SNS에 올라오는 시인의 묵은 시편들과 발표되는 새 작품들을 대할 때마다 문득 외장 하드라는 지하 저장고에 휴면하고 있을 시편들이 궁금키도 했으나 그건 다음으로 미루고 일단 새 시집에 묶을 원고 읽기에 집중하기로 했다.

깊은 애정만큼 배신으로 돌아온 숱한 사랑과 크고 작은 상흔으로 루틴이 생긴 시인의 심장을 현미경으로 들여다보는 일이란, 본인만큼은 아니겠지만, 나 역시 시인이 느끼는 외로움이나 슬픔의 언저리를 비껴가지 못하는 건 세월 탓이라 해두겠다.

2

이번 시집의 구성은 크게 세 파트로 나눌 수 있겠다. 첫째는 사랑, 둘째는 라이프 스토리, 세 번째는 어머니 자궁으로부터 길들여진 그가 태어나 지금까지 살고 있는 강원도 홍천의 방언을 살려 소박한 옛 음식 이야기를 주제로 다룬 일종의 채록 시편들이다.

사랑을 생각하면 다소 퇴폐적이고 통속적이고 유치찬란이 결합된 상품처럼 비굴해야 마땅한데 시인의 사랑시는 격을 달리한다. 독자의 입장에서 보면 조금은 배신감을 느낄 수도 있겠다. 사랑과 이별을 반복하는 동안 외로움과 고독이 목젖까지 찰랑거렸다면 죽을 것처럼 아파야 하고 아프단 엄살로 소리쳐야 하지만 시인은 대체로 평온하다. 아니 평온해 보인다. 도대체 그 많은 사랑을 앓고 배신에 진저리를 치면서도 결코 포기하지도 버리지도 못한 채 다시 처음처럼 순정하고 꿋꿋한 자세를 유지하는 비결이 무얼까.

독자들이 시인의 연가에 주목하는 이유란 단지 억지가 없고 쓸쓸하지만 달달한 공감 때문일까. 그러나 보는 이로 하여금 안타까움을 금치 못하게 하는 건 과거나 현재의 사랑이 아니라 이미 떠나고 없는 옛사랑을 노래하며

하염없이 기다린다는 것이다. 가령 허림 시인은 전작 시집 『누구도 모르는 저쪽』(2020)에 나오는 시 「비, 빗소리」를 잠깐 보자. "정작 내가 좋아하는 여자와 / 나를 좋아하는 여자가 서로 만나지 못하고"라는 대목에서 독자는 감출 수 없는 연민을 운명으로 받아들이고 있는 지도 모른다. '이렇게 뼛속까지 저리고 아픈 사랑이라니,' 하면서 말이다.

영원할 것 같은 사랑이 식어버린 후 현실적 외로움이 우울과 슬픔이라는 코드로 바뀌는 과정에서 그의 연가는 탄생하는 듯싶다. 이쯤에서 도무지 안주하지 못하는 시인의 일상을 통해 시인이 시를 잉태하고 출산하는 과정을 다시 한 번 들여다보는 건 어떨까. 그것은 시인의 몸이 거주하는 내면과 시의 영혼들이 부유하는 외면 사이에 있다고 보는 바 진실은 본인만 아는 것이니 나의 시 읽기가 철저한 오독이라 해도 번복할 의사는 없다. 내가 아는 시인 허림은 물리적 충동엔 약한 반면 내면을 확장해 시상을 갈고 닦는 일만큼은 누구보다 치열하였기에 지금과 같은 균형을 유지할 수 있었으리라 믿는다.

'더 이상 나는 나를 기억할 수 없게 되었다.'라고 했던가. '누구에게나 가족에게 돌아갈 수 없는 저녁이 있다'고 했던가. 아니면 '언젠간 가족조차도 나를 기억하지 못하는 날이 올 것이다.'라고 했던가. 그가 이토록 처연한 노래를 지치지 않고 부르는 힘은 어디서 오는 걸까. 맹물처럼 밍밍하다가도 어느 순간 절절 끓는 애절과 통절, 수시로 비등점을 넘나드는 그가 부르는 사랑의 랩소디를 한 번이라도 제대로 들어본 독자라면, "어떤 기억은 지워지지 않는 것만으로도 / 따듯했다"거나 "그대가 그립지 않을 때도 있었다"는 이런 고백을 함부로 폄하하는 일은 없으리라.

한 사람을 사랑했던 시간이 이월에 멈췄다
사랑에 매달리는 동안 지루하고 오랜 시간이 흘렀다
꽃들은 피어 봄을 알렸고
바다와 계곡을 떠돌며 사랑만 무성하게 키웠으니
…(중략)…
눈 내려 사라진 길 밖으로 얼굴 없는 문자들이 거듭 쌓인다
욕정 같은 꿈마저 막연해지고
뒷산에서 참꽃 꺾어다 술병에 꽂아놓는다
…(중략)…
그대가 그립지 않을 때도 있었다
—「사는 법을 알지 못하듯」 부분

비가 와야 생각나는 우산처럼
한때나마 몸 섞으며 살았던 도시의 한켠
연속극 보며 라면 끓이던 옥탑방

장엄한 노을 불러들이곤 했던
한때나마 꿈으로 궁색을 둘러대던 저녁
이웃집 담장에 쓴
"우리 집 개가 화나면 주인도 못 말린다"는 빨간 문장이
시처럼 따스했다
기억하지 않아도 좋을 그대가 기억날 때처럼
… (중략) …
중독처럼 또 라면을 끓이며
그대의 안부는 묻지 않기로 했다
다만, 어떤 기억은 지워지지 않는 것만으로도
따듯했다
—「한때나마」 부분

먼 데서 안부를 물으면
그런 사진을 찍어 보내며 이러고 산다고 할 뿐인데
참 재밌게 산다고 지도 그렇게 살고 싶다고 한다
아프지 말고 건강 잘 챙기며 돈 많이 벌라고 문자 보낸다
내심 남해나 황해 뻘에서 나는
꼬막이나 석화가 먹고 싶었지만
설사 그런 걸 보내줘서 장작불에 맛있게 궈 먹었다고
마음 전하면 외려 약 올리는 것 같아
그냥 있는 대로 추렴해 술 한잔 나누며 지낸다고
답글을 단다
—「삶의 연대기에는 꼭 슬픔의 몫이 남아 있다」 부분

꽃 지고나면 기억나지 않다가도
때가 다시 와 꽃이 피면
새로운 듯 기억하지
그마저 모른 척할 수 있나
향기 참 좋다
—「사월」 전문

3

허림의 시는 형식이나 내용 면에서 서정시의 전형을 보여준다. 우리가 교과서에서 본, 시대를 앞서간 백석, 박용래, 김종삼을 연상하게 하고 조금 더 나아가선 이효석의 문학 세계와도 닿아있다. 냉철한 차가움과 인간적 온기를 더한 이 시인들의 언어는 시대가 아무리 바뀌어도 서정시가 지향해야 할 방향을 제시해주고 있다는 면에서 교과서를 뛰어넘는다. 여기에 이효석은 강원도 평창에서 태어나 평창에 묻힌 소설가지만 허림이 강원도 토속 음식에 대한 남다른 식견을 갖고 있다는 점에서 연상 작용처럼 따라온 인물이다.

허림의 시 세계는 잘 벼린 섬뜩한 날이 아니라 손때가 묻어 뭉툭하게 닳은 칼자루에 적당히 길들여져 쓰기 편한

날이다. 모가 없어 순하다는 의미는 아니다. 그 어떤 날카로움도 그를 통과하면 둥글어진다는 것을 어떤 말로 설명해야 할지 모를 뿐이다. 강원도 홍천 '내면' 깊숙한 오두막에 조용히 숨어살면서도 현실에 굴복하지 않고 여전히 시의 날을 갈고 있는 한 인간이 온몸으로 전하는 시의 전언을 우리는 어떻게 보듬고 사랑해야 하는가. 생각해보면 그 문제는 생각 외로 간단할 수 있다. 독자는 그의 시를 읽기만 하면 되니까.

허림의 시는 특별히 난해하거나 어렵지 않다. 지금은 지상에 아니 계시지만 나이 든 시인의 노모가 읽어도 이해가 되고 공감이 가는, 그러니까 모든 사람들에게 쉽게 읽히는 시를 쓰고 싶다던 그의 말이 무엇을 뜻하는지 알 듯하다. 어렵지 않다고 쉬운 시가 아니고 쉽다 하여 어렵거나 난해한 시도 아니라는 것 또한 허림의 시편들을 자주 읽다보면 알게 될 것이다.

시인 허림은 어디에 머물든 무엇을 하든 24시간 시의 감각 스위치를 on에 두는 사람이다. 그런 시인에게 별 생각 없이 문학이나 시가 무엇이라 생각하느냐 묻는 바보는 없을 것이다. 그의 시선과 정서는 여전히 과거에 머물러 있는 듯하나 철저히 현재와 소통하고 있으며 현재는 또 다른 미래와 연결되는 서정시의 맥을 제시하고 있다는 면에서 주목할 만하다. 여기 「누구인가」를 비롯하여 두 번째 주제인 삶의 절창인 "외상으로 살아온 시간"의 노래도 들어보자.

나를 잃어버린다 잃어버린 나를 잊고 잊은 나를 다시 읽는다 나는 일어나고 다시 나로 살아가기로 한다 두 발로 걷고 옷을 입고 모자를 쓰고 신발을 신는다

어제 한 일을 오늘도 하고 있다 아침은 날것처럼 새롭다 그나마 새롭다고 생각하는 것들은 느낄 새 없이 낡아간다

저녁이 달을 끌어당긴다 어둠이 내리는 걸 본다 이미 와 있는 어둠은 벽처럼 견고하고 꽃도 나무도 강물도 어둠 속으로 둥그러진다

나는 다시 나를 찾고 내가 읽은 나를 다시 읽는다 읽다가 잃어버리고 끝내 잊었다가 아침이면 내가 누구인가 거울 속으로 들어가기도 한다

— 「누구인가」 전문

절인 생선 몇 점으로 허기 때우고
비틀거리는 물결과 걷는다
몸에서는 태열 같은 바닷내가 났다
소금에 절인 생선 냄새를 알 때쯤
유산처럼 물려받은 생의 내력도 알았다
… (중략) …
송홧가루가 날리는 사월과 오월 사이

사는 게 소금이라던 그가 서향 아래 서 있었다

—「서향」 부분

손바닥보다 작은 스크린 영화 보았다 멜로 영화

뻔한 사랑과 이별 그러나 사랑은 통속적이어서 인간적이다 이별 또한 비극적이어서 현실적이다

"사랑하는 걸 어떻게 숨기냐"는 대사가 오래도록 귓가 맴돈다 철학적이거나 사색적이지 않다

몸으로 사는 나는 늘 아프다

쎄 빠지게 일해 뭐하냐는 말이 아프고 꿈이 뭐냐는 말에 대답할 수 없어 애리다

—「~수록」 전문

배 기다리며 술잔 기울이던 나는

햇살 흘러가는 마른 강바닥에 매인 배처럼 정박하네

주모도 없는

외상 장부만 벽마다 가득한 정지간에서

흘러간 노래 불러보네

외상으로 살아온 시간이 모래톱에 걸려 있네

—「삼강주막에서」 전문

4

챙이 넓은 모자와 꽃고무신에 한 벌뿐인 화사한 목단꽃 가라 원피스를 차려입고 내가 단골로 드나드는 대화 봉평 진부 오일장을 돌다보면 난장 어디쯤에서 중절모에 모서리가 나달나달해진 가방을 들고 점심 먹을 곳을 찾고 있는 시인 허림을 만날 것만 같다. 하면 우리는 장마당에서 무슨 구경거리라도 생긴 듯 호통한 인사로 사람들의 이목을 집중시키겠지. 머리를 숙여야만 들 수 있는 식당 문을 드르륵 열고 들어가 봉평막걸리에 순댓국과 메밀전을 시켜놓고 선한 얼굴에 눈가에 자글자글 눈웃음이 가득한 시인 허림과 세사에 찌든 내가 마주앉아 집으로 돌아갈 걱정 따윈 까맣게 잊고 한때 뜨겁게 문학을 앓던 옛 시절로 돌아가 묵은 이야기보따리를 풀어내겠지, 상상만으로도 얼마나 설레는 그림인가.

경험하지 못한 세상에 대한 동경은 그것이 무엇이든 부풀리는 속성을 가진다 했다. 강원도 홍천 내면 어디에 조그만 오두막, 그곳이 시인의 거처란다. 이렇게 말하면 무척 낭만적으로 들릴지도 모르겠다. 그를 모르는 독자들은 정말 시인처럼 사는구나 하고 멋진 상상력을 가질 만하다. 물론 그렇게 살아보는 것도 나쁘지는 않을 것이다. 아니 나쁘지 않을 것이다가 아니라 더러는 곤궁한 시인의 자유를 부러워할지도 모른다.

이쯤 되면 어느덧 하산해야 하는 게 아닌가 싶지만 그는 아직도 사랑에 빠져있을 때를 제외하면 신인의 자세로 온몸과 마음을 시에 바치는 열정파 현역 시인이다. 세상에 시가 없었거나 시를 몰랐다면 무엇으로 살았을까 싶을 만큼 그는 내장 아니 뼛속까지 자유인이고 자연인이고 시인이다. 할 수 있는 일이 시밖에 없어서 시를 쓰는 시인이 아니라 아예 시를 생각하지 않는 삶이란 생각해본 적조차 없는 태생적 시인이다. 가난하지만 궁핍하지 않고 궁핍하지 않는데 외로움과 고독과 쓸쓸과 허기에 시달리는 시인, 그것이 시를 쓰게 하는 힘이 된다는 걸 아는 이들은 안다.

밤나무 그림자 돌담 넘고
옥씨기 둥구마니 속 골방구리
밤새 웃자란 이빨 갈아대는
큰말림 동막골 지관집 뒤란 장독대
다섯 동이 품 간장독
햇살 넘실대는 새까만 간장 빛에
둥둥 뜬 숯과 빨간 고추와 대추
증조할머이의 시어머이 때부터 담가왔다는
씨간장은 짜고도 달짝지근하다

소당에 들지름 조으는 냄새며
자그르르 자그르르 구어지는 뒤비며
두툼하게 붙여낸 두드래기적
메밀 소적과 동부 대적과 산적
송화다식 검은깨다식 약과 과줄
—「씨간장」 부분

골말 산지당골 대장간에서 먹는 제누리는 맛있다
옥양목 머릿수건 쓴 새댁이 호면을 삶아
동치미국물에 신짠지 송송 썰어 얹은 국시
이 냄새는 새콤하니 삭은 삼삼한 맛이어서
복골 상노인네도 때 되면
뒷짐 지고 재 넘어와 평상에 앉는다
엄 대장은 마을 떠돌며 야장하는 터라
골말 산지당골 대장간 평상에는
붉은데이 작업장 버덩말 섬터 아랫비랑 중노인네들이
입동 햇살 덮고 앉아 톱을 쓸기도 하고
엄 대장 정에 맞춰 메질도 하며 차례 기다린다
—「골말 산지당골 대장간에서 제누리 먹다」 부분

"나는 덜 팬 버섯 잿불에 구어 먹는 걸 좋아했다 // 소금이 녹고 물기가 배어난 청버섯이 노르스름하고 조글조글 구어지면 / 동상들과 보릿짚 빨대로 국물 쪽 쪼옥 빨아먹었던, // 그 맛은 상게도 혀끝에 감돈다”(「청버섯」). 시집을 다 읽고 마지막 장을 덮고 나면 “그 맛은 상게도 혀끝에 감돈다”는 시인의 시 한 구절이 여진처럼 남아 입안에 착 감긴다는 걸 독자들은 경험하게 될 것이다.

외로움은 독이지만 어떤 이에겐 약으로 작용한다. 외로움이라는 무기가 없었다면 시 같은 건 애초 존재하지 않았을지도 모른다. 허림은 이제는 사라지고 없는, 어릴 적 어머니께서 손수 만들어주시던 강원도 산골 음식 이야기를 시로 옮기고 있는데, 우리 고유의 것을 지키려는 그의 노력은 어제오늘 이야기가 아니어서 계속해 눈여겨보게 되는 부분이다. 시 속에 끊임없이 등장하는 어머니, 그 어머니의 삶은 고단했으나 사람 냄새 물씬 풍겨나던 소박하고 정겨웠던 마을 풍경을 시 속으로 불러올 때마다 독자는 ‘맞아, 그땐 그랬지’ 하면서 고개를 끄덕이게 될 것이다. 그럼에도 불구하고 시인의 시는 조금도 설교적이거나 이론적이지 않다. 서정성을 지켜가며 그만의 운율을 유지한다. 표제시 「골말 산지당골 대장간에서 제누리 먹다」는 너무나 강원도스럽고 허림적이어서 읽는 내내 구수함과 행복감이 입안을 맴돌았다. 이미 발간된 다른 시집에서도 일관되게 보여주는 주제는 ‘연가’ 다음으로 전통 음식에 관한 보고서다. 여기 수록된 토속 음식은 지방 방언으로 지명과 재료명과 음식명을 그대로 채록해 주를 붙였다.

그런 노력이 더하여져 강원도 고유의 지방 음식을 테마로 한 시편들이 새로운 장르로 자리매김하기를 희망해본다.

시룻바닥에 얇은 짚발을 깔고 그 위에 눈 튼 쥐눈이 콩을 누면
생은 어둠 가운데서 눈 뜨는 것이다
첫날밤 문구멍으로 훔쳐보던 어둠이 저렇게 설레었겠다
정한수 뜨듯 지름기 닿지 않은
샘물 휘휘 뿌려주면 그만인데
툭툭 눈트고
어둠 건너 솟아오르는 저 힘은 어디서 오는지
—「콩나물국」 부분

새참으로 가매에 콩칼국시 끓여 동우에 담가 이고
밭둑서리 따라 잰걸음으로 나시네요
버드낭구 이파리도 누룻누룻 시들고
귀 따굽게 울던 벌거지들도
따숩게 서 있는 정애비도
여름내 질벅대던 하늘 탓에 성한 것 없이 다 썩어 문드러지고
옥씨기 대궁 바싹 말라비틀어진 비알밭
멧옥씨기 토세이 자루메기마다 쟁여 넣다
잔등 펴 부르는 허기
어머이 예요 배때기 등때기에 찰싹 달라붙네요
그랴 얼른 가마 좀 지둘러
—「느티나무 그늘에 편 새참」 부분

난추니란 새가 보고 싶었다 청난추니 백난추니라고 부르던 새 / 올챙이가 논바닥에 바글바글할 무렵이면 작은형은 산에서 새끼를 꺼내오곤 했다 // 잿간 옆에 새장을 짓고 난추니를 키웠다 올챙이 개구리 잠자리 등 고기를 좋아해 열심히 잡아다 멕였다 솜털을 벗고 난추니의 태가 날 지음 깡충깡충 뛰며 홰를 치며 날기 연습을 했다 // 새장이 좁아 문을 열어주면 쌩하고 날아 밤나무에 앉았다가 개구리를 잡아 흔들면 쏜살같이 날아와 낚아채 갔다 사냥술을 가르쳐주지 않았지만 저 스스로 비행술과 사냥술을 터득했다 // 산속 길 내면으로 들어오다가 낯설지 않은 새 울음을 들었다 / 혹시 그가 아닐까

—「난추니」 전문

시 「난추니」와 눈이 맞은 건 일종의 행운이다. 이 시의 스토리는 사뭇 전설적이지만 내겐 생일 선물로 그가 보낸 허술한 상자 속에 내가 오래 가지고 싶어 했던 그것처럼 무척 신선한 재미를 안긴 작품이다. 이 시를 처음 읽던 순간부터 '난추니' 한 쌍이 자꾸만 나를 따라다니며 말을 걸어오는데 아직 나는 그들의 노래를 제대로 해석하지 못하고 있다. 도대체 난추니는 내게 무슨 말을 하고 싶은 걸까, 나는 시집이 세상에 나온 후에라도 인내심을 갖고 기다려보기로 했다. 어쩌면 시인이 지향하고자 하는 서정이란 지금은 사라지고 없는 난추니를 찾거나 기다리는 일은

아니었을까. 그런데 시 끝부분 "산속 길 내면으로 들어오다가 낯설지 않은 새 울음을 들었다 / 혹시 그가 아닐까"에서 나는 가슴이 벌렁거리기 시작했다.

"시란 게 뭡니까 우리덜 같은 농사꾼 마음 다독여주는 거 아닙니까 부탁합니다 너무 뜸들이네요 숨넘어갑니다" // 떠밀려 나가 귀엣말로 모란동백을 신청하고 전주가 나오는데 처음인 듯 처음처럼 어느 장단에 발맞추고 몸 비벼볼까 서로 쳐다보다가 이내 잠잠해지는, 활활 타는 황댓불에 물 끼얹은 듯 피었다 지는 모란동백 // "참 시적이지만 쓸쓸했네요" // 관광버스는 달리고 몸은 몸대로 마음은 마음대로 막춤도 좋고 등신춤도 좋고 흔들리면 흔들리는 대로 벌주 다섯 잔에 떨어진 동백처럼 업혀 들어온 친구 아들 잔칫날

— 「관광버스에서 꼬인 시」 부분

친구 아들 잔칫날, 관광버스 안에서 친구들은 화끈하게 분위기 띄워줄 한 곡을 풍선처럼 기대했을 텐데 정작 시인 차례가 왔을 때 하고 많은 노래 중 〈소양강 처녀〉도 〈남행열차〉도 아닌 늘어질 대로 늘어진 〈모란동백〉이라니, "참 시적이지만 쓸쓸했네요"라는 자조적인 독백에서 이미 눈치챘겠지만 독자는 시인의 자화상을 속속들이 들여다보았을 것이다. 그러나 아는 이는 안다. 버스 지붕

을 뚫고 나갈 만큼 들썩이는 분위기에 찬물을 뿌릴 수 있는 이가 시인이고 찬물이 찬물인 줄 알면서도 그 찬물을 고집할 수 있는 사람이 시인이라는 것을 결국 시에서 "벌주 다섯 잔에 떨어진 동백처럼 업혀 들어온 친구 아들 잔칫날'로 보여주고 있지 않는가. 그러나 다시 혼자만의 시간, 내면의 오두막으로 돌아가는 순간 그는 비로소 안도한다. "모두 집으로 돌아가게 하는 저녁이 이끄는 힘은 얼마나 센가" 하고 말이다. 그러니까 시인은 생의 깊은 안쪽 즉 내면에 있어야 할 사람이 맞다. 언젠간 돌아올 사랑도 그렇고, 운명처럼 기다려야 할 시 또한 거기에 있으므로.

달아실시선 48

골말 산지당골 대장간에서 제누리 먹다

1판 1쇄 발행	2021년 11월 30일
1판 2쇄 발행	2022년 5월 25일
지은이	허림
발행인	윤미소
발행처	(주)달아실출판사
책임편집	박제영
디자인	전형근
마케팅	배상휘
법률자문	김용진
주소	강원도 춘천시 춘천로 257, 2층
전화	033-241-7661
팩스	033-241-7662
이메일	dalasilmoongo@naver.com
출판등록	2016년 12월 30일 제494호

ISBN 979-11-91668-21-6 03810

* 잘못된 책은 구입한 곳에서 바꿔드립니다.
* 책값은 뒤표지에 표시되어 있습니다.
* 이 책은 강원문화재단의 후원으로 제작되었습니다.